Zadig

FichesdeLecture.com

Zadig
(Fiche de lecture)

I. L'AUTEUR

François Marie Arouet dit Voltaire, né en 1694 à Paris, mort en 1778, est un écrivain et philosophe français admis à l'Académie française en 1746. À dix ans, il entre chez les Jésuites au collège Louis-le-Grand. Il y apprend le latin, le grec et la rhétorique, mais aussi les joutes oratoires et plaidoyers, il participe aux concours de versification, et de théâtre.

Élève brillant, vite célèbre par sa facilité à versifier, il y apprend aussi à plaire et à parler d'égal à égal avec les grands. À contre-pied de l'éducation des jésuites, la fréquentation de la société libertine du Temple eut une autre influence sur le jeune homme.

Il devient un intellectuel engagé au service de la vérité, de la justice et de la liberté de penser. En effet, il mène de nombreux combats contre « l'infâme », nom qu'il attribue au fanatisme religieux. Il prône le progrès et la tolérance.

Il agit d'ailleurs auprès des élites éclairées de l'Europe des Lumières en se servant de son immense notoriété et prend, seul, la défense des victimes de l'intolérance religieuse et de l'arbitraire dans des affaires qu'il a rendues célèbres comme celle de Calas.

L'auteur est le symbole des Lumières et le chef de file du parti philosophique, il fréquenta les Grands (Artistes, savants, princes, ambassadeurs) et courtisa les monarques. De son imposante œuvre littéraire, on lit aujourd'hui essentiellement ses écrits « philosophiques » en prose : contes et romans.

II. L'ŒUVRE

« Zadig ou la destinée, histoire orientale » est un roman et un conte philosophique, publié pour la première fois en 1747 sous le nom de « Memnon ». Puis allongé de quelques chapitres, il fut publié une nouvelle fois en 1748 sous son titre actuel. Zadig est un jeune homme qui pense naïvement qu'il pourra être heureux au début du conte mais la providence va s'acharner sur lui.

D'après Longchamp, secrétaire de Voltaire, c'est au cours des soirées mondaines données à Sceaux, chez la duchesse du Maine, que l'idée d'écrire des contes inspire à Voltaire ce petit roman. L'ouvrage connut un grand succès et reste encore, avec « Candide », le texte le plus célèbre de Voltaire.

III. RÉSUMÉ DU CONTE

Chapitre I : Le borgne

Zadig, jeune Babylonien, de bonne mine, riche, plein de qualités et des meilleures dispositions pense tout avoir pour être heureux. Il doit épouser la belle Sémire, mais sa promise se fait enlever. Zadig la sauve mais reçoit un coup dans l'œil qui le rend borgne. Sémire, se tourne alors vers son ravisseur.

Chapitre II : Le nez

Zadig décide d'épouser une autre jeune fille, Azora. Pour tester ses sentiments, il feint la mort, et on l'enterre. Cador, son ami et complice console la jeune femme, puis feint de souffrir d'une crise de rate. Pour mettre fin à celle-ci, il prétend qu'il faut poser sur la partie malade le nez d'un homme qui vient de mourir. La jeune veuve se rend sur le tombeau de son mari. Il la chasse.

Chapitre III : Le chien et le cheval

Déçu de la gent féminine, il va dans sa maison de campagne, trouve refuge dans la nature, qui est à l'image de Dieu et pratique l'étude des sciences. Au cours d'une promenade, il croise des courtisans à la recherche du chien de la reine et du cheval du roi, qui ont disparu.

Zadig les met sur la bonne piste, à l'aide de minuscules indices qu'il a su interpréter. Hélas, son intelligence le mène à plusieurs ennuis avec la justice, ainsi que de sévères condamnations. Il constate alors : « Qu'il est difficile d'être heureux dans sa vie ! »

Chapitre IV : L'envieux

Zadig, à Babylone parle avec des savants. À cause d'un précepte alimentaire de Zoroastre, Yébor, « le plus sot des Chaldéens, et partant le plus fanatique » menace de l'empaler. Il est sauvé par son ami Cador. Un envieux, Arimaze le fait injustement emprisonner. Il est sauvé par le perroquet royal : « Voilà donc de quoi dépendent les destinées des hommes ! »

Chapitre V : Les généreux

Zadig est le favori du roi Moabdar et de la reine Astarté. Lors d'une fête, le roi désigne Zadig comme celui qui a été le plus généreux. Il déclare alors : « Je suis donc enfin heureux ! ».

Chapitre VI : Le ministre

Zadig devient le confident du roi, qui le nomme premier ministre.

Chapitre VII : Les disputes et les audiences

Zadig fait régner à Babylone, une justice tempérée d'indulgence et de sagacité.

Chapitre VIII : La jalousie

Zadig et la reine Astarté tombent amoureux l'un de l'autre, il « commençait à croire qu'il n'est pas si difficile d'être heureux ». Mais le roi devient jaloux, Zadig s'enfuit. Il réfléchit alors sur les caprices de la fatalité, sur l'injustice de la destinée : « Ô vertu ! À quoi m'avez-vous servi ?... Tout ce que j'ai fait de bien a toujours été pour moi une source de malédictions, et je n'ai été élevé au comble de la grandeur que pour tomber dans le plus horrible précipice de l'infortune. Si j'eusse été méchant comme tant d'autres, je serais heureux comme eux ».

Chapitre IX : La femme battue

En route pour l'Égypte, il croise une femme que son mari frappe. Ému, Zadig finit par tuer le mari, mais la femme le maudit.

Chapitre X : L'esclavage

Emprisonné, Zadig est vendu comme esclave à Sétoc, ils deviennent amis et vont en Arabie.

Chapitre XI : Le bûcher

En Arabie, Zadig fait abolir la coutume selon laquelle, les veuves devaient brûler sur un bûcher avec le corps de leur mari. Mais les prêtres d'Arabie l'accusent d'intolérance, il est condamné au bûcher. Il est sauvé par une des veuves.

Chapitre XII : Le souper

Zadig dîne avec un Égyptien, un Indien, un « habitant du Cathay » (un Chinois), un Grec et un Celte. Cependant, chacun d'entre eux prétend à l'excellence exclusive de sa religion. Zadig leur démontre leur intolérante et qu'ils adorent le même Dieu, l'Être Suprême.

Chapitre XIII : Les rendez-vous

Zadig est sur l'île de Serendib. Il enseigne au roi comment vérifier l'intégrité d'un ministre intègre. Il faut leur proposer un poste et leur présenter les trésors de la couronne, pour tester leur désintéressement. Zadig quitte l'île.

Chapitre XIV : Le brigand

Zadig passe la frontière qui sépare l'Arabie de la Syrie, il rencontre un chef de brigands, Arbogad, qui lui apprend que le roi de Babylone est devenu fou, qu'il a été tué, que l'anarchie règne dans la ville. Il ne sait pas quel est le sort d'Astarté, Zadig se lance à sa recherche.

Chapitre XV : Le pêcheur

Zadig rencontre un pêcheur qui a été ruiné car il a du quitter Babylone. Zadig lui dit d'y retourner et de l'attendre chez Cador.

Chapitre XVI : Le basilic

Zadig retrouve finalement Astarté, captive d'un seigneur hyrcanien, Ogul. Ce dernier est victime d'une maladie imaginaire. Pour guérir, on lui a prescrit de manger, dans de l'eau de rose, un basilic (serpent fabuleux dont le regard sélectivement assassin tuait tout être vivant, à l'exception des femmes).

Aucune femme ne parvient à en trouver, Zadig lui propose de le soigner en le faisant jouer au ballon. Ogul il finit par guérir, il s'agit d'une leçon de culture physique. Astarté est libre et rentre à Babylone.

Chapitre XVII : Les combats

À Babylone, le calme revient et les Babyloniens déclarent que la reine épousera celui qu'on choisira pour souverain. Un tournoi est alors organisé, Zadig triomphe, mais il est injustement évincé.

Chapitre XVIII : L'ermite

Un ermite, en réalité un ange révèle à Zadig le secret du bonheur : la soumission aux décrets de la Providence. « Tout est épreuve, ou punition, ou récompense, ou prévoyance. »

Chapitre XIX : Les énigmes

Zadig arrive à Babylone au moment où les vainqueurs des combats doivent expliquer des énigmes. Il est le seul à deviner les bonnes réponses. Zadig épouse Astarté et ils sont heureux.

IV. ÉTUDE DU PERSONNAGE PRINCIPAL

Zadig

C'est le personnage principal et éponyme du conte. Son nom signifie « le véridique » en langue arabe et « le juste » en hébreu. Au début du conte, il apparaît comme un homme très vertueux, sans aucun défaut pour la société de Voltaire. Jeune, intelligent, instruit, riche et beau, d'un « esprit juste et modéré » et d'un « cœur sincère et noble ».

Il est plein d'humanité, de moralité et sait dominer ses passions. Il semble correspondre à l'image parfaite du héros. Il pense naïvement qu'il pourra être heureux au début du conte mais la providence va s'acharner sur lui. Il commence alors à croire qu'être heureux est difficile en effet dès qu'il semble s'approcher du bonheur, un malheur intervient soudainement et le met en position de faiblesse.

A chaque fois pourtant un élément extérieur lui permet de se tirer de sa mauvaise situation. Son raisonnement et sa sagesse font de lui un homme sortant du commun et capable de se sortir des situations les plus compliquées, et sa grande générosité permet à ses proches de profiter de son aide. Son meilleur ami est Cador qui signifie « le tout puissant », c'est également un beau jeune homme.

Zadig rencontre des désillusions en amour, l'image de la femme est assez péjorative, au fur et à mesure du conte, elles sont souvent jugées inconstantes car frivoles et infidèles. Sa très forte amitié avec le roi Moabdar est menacée par l'amour qu'il porte à la reine, la belle Astarté, il doit fuir.

Tout comme pour l'auteur, l'exil, en l'arrachant à sa classe sociale et à son pays, lui fait faire la plus large expérience de la terre des hommes. Zadig voyage beaucoup et transmet son savoir à plusieurs personnes. Zadig apprend à penser autrement, devient un sage. Il découvre que le bonheur individuel est solidaire du bonheur général.

À la fin, Zadig épouse Astarté et ils sont heureux.

À l'instar de Micromégas, Candide ou encore l'Ingénu, il représente les divers aspects de l'esprit de Voltaire : absence de préjugés, culte de l'expérience et de la raison, horreur de la métaphysique, déisme rationaliste.

V. AXES DE LECTURE

L'apprentissage du monde

Au début du conte, Zadig est un jeune homme plein d'humanité et de moralité qui sait dominer ses passions. Lorsqu'il est Premier ministre du roi Moabdar, il fait « sentir à tout le monde le pouvoir sacré des lois ». Mais comme Candide, il ressent douloureusement, dès le début du conte, la distance entre l'idéal et la réalité. Il éprouve des désillusions en amour et la connaissance intellectuelle lui attire des ennuis.

Lorsqu'il parvient à exercer sagement le pouvoir, il devient la victime de la jalousie des autres. Ces épreuves multiples qu'il rencontre que sont, la trahison, la jalousie, l'esclavage, la découverte de la légèreté des femmes, de la sottise des hommes, de la corruption des juges, de la bassesse des courtisans, de l'aveuglement des hommes au pouvoir et du dogmatisme religieux correspondent à des étapes du roman d'apprentissage, de formation.

Il s'agit donc de s'efforcer d'accepter le monde en y intégrant le mal. Zadig exprime les interrogations personnelles de Voltaire, tout en révélant son esprit philosophique. Il est ouvert aux sciences. Quant aux interlocuteurs de Zadig, rencontrés tout au long de son parcours, nous retiendrons Arbogad pour son cynisme, les personnages que Zadig parvient à rallier à la sagesse et à la raison, et enfin l'ange Jesrad, qui apparaît sous les traits d'un ermite qui apporte une révélation philosophique essentielle sur l'ordre du monde.

Un conte oriental

Comme dans d'autres contes, Voltaire essaie de ne pas apparaître comme auteur, par l'invention d'un narrateur fictif et omniscient. À l'instar du roman, le conte est anonyme et son genre n'est pas considéré comme noble, contrairement à l'épopée et à la tragédie qui mettent en scène de nobles passions, par une poésie bien réglée. Cette hiérarchie des genres est héritée du XVIIe siècle classique.

Zadig est présenté par une Épître dédicatoire du poète persan Sadi à la sultane Sheraa. Cette épître commence de manière très convenue : « Charme des prunelles, tourment des coeurs, lumière de l'esprit [...] ». Sadi fait allusion à la traduction du livre d'un ancien sage, d'abord écrit en ancien chaldéen, puis traduit en arabe, pour amuser un sultan. L'épître s'achève ainsi : « Je prie les vertus célestes que vos plaisirs soient sans mélange, votre beauté durable, et votre bonheur sans fin. »

Il s'agit donc d'une histoire orientale sans présence de narrateur, à l'allure pseudo-objective. Voltaire insiste lourdement sur les charmes et les mystères de l'Orient. Celui-ci est à la mode au XVIIIe siècle, puisqu'Antoine Galland traduit, en particulier de 1704 à 1717, « Les Mille et une Nuits », auxquelles l'Épître dédicatoire fait allusion.

Le sous-titre de Zadig est d'ailleurs « Histoire orientale ». L'action se déroule dans un cadre exotique indéterminé, à Babylone, en Perse, en Égypte, en Arabie et à Bassora sur le golfe arabo-persique. Les coutumes, les religions, les pouvoirs et les palais sont évoqués, sans oublier la dimension surnaturelle et féerique qui sied au conte oriental, fait pour charmer et divertir. On y rencontre des animaux fabuleux et mythiques et à la fin, l'ange Jesrad.

Alors que l'Orient et la Turquie, en particulier, sont souvent donnés comme modèles de sagesse dans les contes – il suffit de songer aux vérités énoncées par le vieillard turc, dans le dernier chapitre de Candide –, Zadig donne l'occasion à Voltaire d'opposer la raison aux ombres du surnaturel, souvent liées aux illusions et parfois à la malfaisance.

Zadig est celui qui fait la lumière, résout les énigmes, dénonce les rites religieux présentés par Voltaire comme incompréhensibles, analogues aux cérémonies politiques absurdes du chapitre XVIII dans Candide. Le merveilleux oriental est dominé, sans tapis volants ni lumières magiques. Mais Voltaire lui laisse libre cours, en particulier dans les chapitres X à XVI, et celui-ci fait alors obstacle au bonheur de Zadig.

La structure narrative

Les trois grands moments du conte sont ceux de l'exil, de l'errance et du désespoir, puis du retour à Babylone, des chapitres XVII à XIX, où Zadig réussit à l'emporter sur le mal. Voltaire multiplie tout au long du récit les péripéties picaresques, les rebondissements et retournements de situation. Le temps est accéléré et concentré dans des épisodes symboliques et significatifs. L'action au présent de narration alterne avec des temps de réflexion sur les événements ou de dialogue.

L'ascension de Zadig est à chaque fois compromise, lorsque les opposants l'emportent sur les adjuvants, par leur capacité de nuisance. Mais la dernière phase d'ascension est favorable, puisqu'elle ouvre à Zadig la voie du pouvoir et du mariage avec Astarté. Il existe donc une finalité du récit qui serait la manifestation d'un ordre providentiel.

Un texte satirique

Zadig est une satire des mœurs et des institutions du siècle des Lumières. Voltaire critique les apparences et la société française de son époque. Babylone représente en réalité Paris et Zadig serait Voltaire, un courtisan qui a connu lui aussi plusieurs mésaventures.

La caricature du despotisme et de la justice

Zadig ne nous donne aucune connaissance précise et crédible sur la politique en Orient au XVIIIe siècle. Il nous offre une vision caricaturale du despotisme oriental, évoqué également à l'époque de Montesquieu dans « L'Esprit des Lois » (1748).

Dans « Zadig », le despotisme est réduit à l'expression de passions violentes, de caprices subjectifs et arbitraires, sans qu'à aucun moment n'apparaissent les raisons ou les motivations proprement politiques du pouvoir. Possédé par la jalousie et par sa passion pour Missouf, le roi Moabdar devient fou et violent. Arimaze représente pour sa part le stéréotype du mauvais conseiller. Au fond, ce n'est pas le monarque qui est mauvais, mais bien plutôt les influences exercées sur lui.

À cette autorité diabolisée, Voltaire oppose la sagesse et la raison incarnée par Zadig. Il s'agit, là encore, d'un type psychologique en antithèse au précédent. Voltaire dramatise, simplifie et théâtralise, à l'image de ce que feront par la suite le dessin animé ou la bande dessinée.

Quant à la justice, elle est arbitraire et expéditive. Elle ne mène aucune enquête, n'écoute pas les accusés et leur inflige des peines disproportionnées avec les fautes imputées. Dans « L'Esprit des Lois », Montesquieu avait montré qu'une justice implacable se discréditait, faute de sanctions adaptées, progressives et vraiment dissuasives.

Les religions et les croyances ridiculisées

Adversaire des religions révélées et enseignées, Voltaire prône dans Zadig le déisme, en particulier au chapitre XII, intitulé « Le souper ». Il émet l'idée d'un Dieu créateur mais non révélé, que les défenseurs des diverses religions, présentes dans ce chapitre, pourraient adopter comme croyance commune.

Dans le « Traité sur la tolérance », les rites et les croyances sont présentés de manière absurde, ridicule et par là même, sont discrédités. Il est ainsi vain d'adorer les astres. Les rituels interdisant la consommation de certains animaux, la coutume de brûler les veuves sur le bûcher où se trouve leur mari et le formalisme rigoriste sont jugés grotesques et sans fondement. Quant aux religieux, ils sont présentés comme fanatiques et féroces.

<u>Les procédés stylistiques de l'argumentation voltairienne</u>

Pour Voltaire, tous ces comportements relèvent de passions déréglées qui deviennent de véritables pathologies. L'amour et la jalousie aveuglent, tandis que le fanatisme et le pouvoir, réduit à une simple « soif », aliènent les dirigeants.

Pour discréditer ses cibles, Voltaire emploie surtout des procédés littéraires formels : rapidité de la narration qui illustre le caractère expéditif de la justice, usage du burlesque dans un comique de dégradation qui dégonfle les fausses grandeurs et détails grotesques, à la fois comiques et inquiétants comme la coutume du bûcher. Voltaire ne montre que la forme des rites qu'il isole du reste, en les vidant de leur sens.

Il utilise aussi l'ironie qui consiste à feindre d'approuver ceux qui ont le mauvais rôle. Au chapitre XI, Sétoc déclare par exemple : « Qui de nous osera changer une loi que le temps a consacrée ? Y a-t-il rien de plus respectable qu'un ancien abus ? » Passant enfin de la critique à l'amusement littéraire, Voltaire emploie la parodie, c'est-à-dire la copie comique, en imitant la grandiloquence, l'emphase de certains discours, le ton du roman sensible et larmoyant, les clichés pathétiques et les stéréotypes des romans d'amour à la mode.

Zadig, le bonheur et la Providence

<u>L'illusion du bonheur et l'accession à la sagesse après de multiples épreuves</u>

Le bonheur est un fil conducteur dans l'œuvre de Voltaire, des Lettres anglaises à L'Ingénu. Zadig est un jeune homme doué qui croît pouvoir être heureux. Mais son innocence du début du conte est compromise par le mal et par le temps qui dégrade tout.

Quant à la science qui devait apporter à Zadig la sérénité intérieure, elle le met en difficulté. Tout au long du conte, le héros est accusé, car il a voulu trop voir, trop comprendre ou trop contester. Son mérite suscite la jalousie, qui est le lot des médiocres, représentés par Arimaze. Le malheur de Zadig vient de son mérite, de son bonheur même.

Chaque réussite ou tentative de réussite le ramène à l'infortune, le condamne au châtiment ou à l'errance. Sa destinée ne cesse de s'inverser, mais peu à peu, elle adopte une courbe ascendante. Zadig revient à Babylone, triomphe de ses ennemis, épouse Astarté et devient roi. Au début du conte, le bonheur n'était qu'une illusion. Seuls les épreuves et les revers de fortune ont amené Zadig à la véritable sagesse.

Découvrir le sens de sa destinée, réglée par la Providence

Zadig se pose aussi des questions philosophiques : quel est le rôle de la Providence ? Pourquoi le mal existe-t-il ? La liberté dont il jouit au début du conte rencontre vite ses limites. Zadig devient prisonnier des événements et victime de sa destinée.

« Qu'est-ce donc que la vie humaine ? O vertu ! à quoi m'avez vous servi ? [...] Tout ce que j'ai fait de bien a toujours été pour moi une source de malédictions, et je n'ai été élevé au comble de la grandeur que pour tomber dans le plus horrible précipice de l'infortune ». Les péripéties dramatiques s'accumulent, sans livrer le sens de sa destinée à Zadig, jusqu'à sa rencontre initiatique avec l'ermite qui tien dans la main un livre des destinées, incompréhensible. La multiplication des événements brouille le sens de la vie comme dans le conte. Quand Zadig croit avoir atteint son but, il est ensuite plongé dans le malheur.

Seul l'ermite, c'est-à-dire l'ange Jesrad, livre la clé de l'énigme : la destinée n'est pas aveugle et il n'y a pas de hasard, ou du moins de hasard apparent. La Providence règle nos destinées dans un ensemble qui est positif. Il faut donc s'adapter au monde tel qu'il est et surtout, « comme il va », expression qui fournit un titre à un autre conte de Voltaire, dont le propos philosophique est analogue.

Il existe un ordre de l'univers, une logique dissimulée qui va dans le sens d'un plus grand bien. Même si le monde apparaît à chacun comme un chaos, ce n'est qu'apparence. Les malheurs de tous sont en fait dépassés. Zadig ne doit pas contester cet ordre, mais refouler ses objections et ses hésitations, face à cet ordre téléologique, c'est-à-dire marqué par une finalité.

Le plan humain ne doit pas dissimuler le plan divin. Voltaire articule ainsi l'ordre de la Providence et la liberté de l'homme. Lorsqu'il écrit Zadig, il accepte la philosophie de Leibniz, auteur des Essais de Théodicée, avec l'idée d'un meilleur des mondes possibles, même si Zadig murmure contre.

Dans son œuvre, Voltaire est sans concession sur l'humanité, qu'il compare à « des insectes se dévorant les uns les autres sur un petit atome de boue ». Il croit en une sagesse possible, d'abord par abstention, dans les premiers chapitres : renoncer au mariage, à la connaissance et au pouvoir, puis accepter les épreuves qui prodiguent une certaine connaissance du monde.

Dans la même collection en numérique

Les Misérables
Le messager d'Athènes
Candide
L'Etranger
Rhinocéros
Antigone
Le père Goriot
La Peste
Balzac et la petite tailleuse chinoise
Le Roi Arthur
L'Avare
Pierre et Jean
L'Homme qui a séduit le soleil
Alcools
L'Affaire Caïus
La gloire de mon père
L'Ordinatueur
Le médecin malgré lui
La rivière à l'envers - Tomek
Le Journal d'Anne Frank
Le monde perdu
Le royaume de Kensuké
Un Sac De Billes
Baby-sitter blues
Le fantôme de maître Guillemin
Trois contes
Kamo, l'agence Babel
Le Garçon en pyjama rayé
Les Contemplations

Escadrille 80

Inconnu à cette adresse

La controverse de Valladolid

Les Vilains petits canards

Une partie de campagne

Cahier d'un retour au pays natal

Dora Bruder

L'Enfant et la rivière

Moderato Cantabile

Alice au pays des merveilles

Le faucon déniché

Une vie

Chronique des Indiens Guayaki

Je voudrais que quelqu'un m'attende quelque part

La nuit de Valognes

Œdipe

Disparition Programmée

Education européenne

L'auberge rouge

L'Illiade

Le voyage de Monsieur Perrichon

Lucrèce Borgia

Paul et Virginie

Ursule Mirouët

Discours sur les fondements de l'inégalité

L'adversaire

La petite Fadette

La prochaine fois

Le blé en herbe

Le Mystère de la Chambre Jaune

Les Hauts des Hurlevent

Les perses

Mondo et autres histoires

Vingt mille lieues sous les mers

99 francs

Arria Marcella

Chante Luna

Emile, ou de l'éducation
Histoires extraordinaires
L'homme invisible
La bibliothécaire
La cicatrice
La croix des pauvres
La fille du capitaine
Le Crime de l'Orient-Express
Le Faucon malté
Le hussard sur le toit
Le Livre dont vous êtes la victime
Les cinq écus de Bretagne
No pasarán, le jeu
Quand j'avais cinq ans je m'ai tué
Si tu veux être mon amie
Tristan et Iseult
Une bouteille dans la mer de Gaza
Cent ans de solitude
Contes à l'envers
Contes et nouvelles en vers
Dalva
Jean de Florette
L'homme qui voulait être heureux
L'île mystérieuse
La Dame aux camélias
La petite sirène
La planète des singes
La Religieuse
1984 A l'Ouest rien de nouveau
Aliocha
Andromaque
Au bonheur des dames
Bel ami
Bérénice
Caligula
Cannibale
Carmen

Chronique d'une mort annoncée

Contes des frères Grimm

Cyrano de Bergerac

Des souris et des hommes

Deux ans de vacances

Dom Juan

Electre

En attendant Godot

Enfance

Eugénie Grandet

Fahrenheit 451

Fin de partie

Frankenstein

Gargantua

Germinal

Hamlet

Horace

Huis Clos

Jacques le fataliste

Jane Eyre

Knock

L'homme qui rit

La Bête humaine

La Cantatrice Chauve

La chartreuse de Parme

La cousine Bette

La Curée

La Farce de Maitre Pathelin

La ferme des animaux

La guerre de Troie n'aura pas lieu

La leçon

La Machine Infernale

La métamorphose

La mort du roi Tsongor

La nuit des temps

La nuit du renard

La Parure

La peau de chagrin
La Petite Fille de Monsieur Linh
La Photo qui tue
La Plage d'Ostende
La princesse de Clèves
La promesse de l'aube
La Vénus d'Ille
La vie devant soi
L'alchimiste
L'Amant
L'Ami retrouvé
L'appel de la forêt
L'assassin habite au 21
L'assommoir
L'attentat
L'attrape-coeurs
Le Bal
Le Barbier de Séville
Le Bourgeois Gentilhomme
Le Capitaine Fracasse
Le chat noir
Le chien des Baskerville
Le Cid
Le Colonel Chabert
Le Comte de Monte-Cristo
Le dernier jour d'un condamné
Le diable au corps
Le Grand Meaulnes
Le Grand Troupeau
Le Horla
Le jeu de l'amour et du hasard
Le Joueur d'échecs
Le Lion
Le liseur
Le malade imaginaire
Le Mariage de Figaro
Le meilleur des mondes

Le Monde comme il va

Le Parfum

Le Passeur

Le Petit Prince

Le pianiste

Le Prince

Le Roman de la momie

Le Roman de Renart

Le Rouge et le Noir

Le Soleil des Scortas

Le Tartuffe

Le vieux qui lisait des romans d'amour

L'Ecole des Femmes

L'Ecume Des Jours

Les Bonnes

Les Caprices de Marianne

Les cerfs-volants de Kaboul

Les contes de la Bécasse

Les dix petits nègres

Les femmes savantes

Les fourberies de Scapin

Les Justes

Les Lettres Persanes

Les liaisons dangereuses

Les Métamorphoses

Les Mouches

Les Trois mousquetaires

L'étrange cas du Dr Jekyll et de Mr Hyde

L'Ile Au Trésor

L'île des esclaves

L'illusion comique

L'Ingénu

L'Odyssée

L'Ombre du vent

Lorenzaccio

Madame Bovary

Manon Lescaut

Micromégas

Mon ami Frédéric

Mon bel oranger

Nana

Ne tirez pas sur l'oiseau moqueur

Notre-Dame de Paris

Oliver twist

On ne badine pas avec l'amour

Oscar et la dame rose

Pantagruel

Le Misanthrope

Perceval ou le conte du Graal

Phèdre

Ravage

Roméo et Juliette

Ruy Blas

Sa Majesté des Mouches

Si c'est un homme

Stupeur et tremblements

Supplément au voyage de Bougainville

Tanguy

Thérèse Desqueyroux

Thérèse Raquin

Ubu Roi

Un Barrage contre le Pacifique

Un long dimanche de fiançailles

Un secret

Vendredi ou la vie sauvage

Vipère au poing

Voyage au bout de la nuit

Voyage au centre de la terre

Yvain ou le Chevalier au lion

Zadig

À propos de la collection

La série FichesdeLecture.com offre des contenus éducatifs aux étudiants et aux professeurs tels que : des résumés, des analyses littéraires, des questionnaires et des commentaires sur la littérature moderne et classique. Nos documents sont prévus comme des compléments à la lecture des oeuvres originales et aide les étudiants à comprendre la littérature.

Fondé en 2001, notre site FichesdeLectures.com s'est développé très rapidement et propose désormais plus de 2500 documents directement téléchargeables en ligne, devenant ainsi le premier site d'analyses littéraires en ligne de langue française.

FichesdeLecture est partenaire du Ministère de l'Education du Luxembourg depuis 2009.

Plus d'informations sur www.fichesdelecture.com

ISBN: 978-2-51102-796-7

Notes:

www.ingramcontent.com/pod-product-compliance
Lightning Source LLC
La Vergne TN
LVHW010903200726
843508LV00012B/2972